큰 글
한국문학선집

김억 시선집

해파리의 노래

일러두기

1. 이 시집은 『해파리의 노래』(조선도서, 1923), 『안서시집』(한성도서, 1929), 『안서 김억전집』(한국문화사, 1987)을 참조하였다.

2. 표기 및 띄어쓰기는 원칙적으로 현행 맞춤법을 따랐다. 그러나 시적 효과 및 음수율과 관련된 경우는 원문의 표기, 띄어쓰기를 그대로 따랐다.

3. 원문의 " " 및 ' ' 표기는 〈 〉로 고쳤다. 그러나 원문에서 ( )를 사용한 경우는 원문 표기를 옮겼다.

4. 원문에서 표기한 한자는 필요한 경우 그대로 두었다.

5. 작품 수록은 『안서 김억전집』의 목차 순으로 하였다.

6. 이해를 돕기 위하여 편자 주를 달았는데 이는 국립국어원의 뜻을 참조하였다.

목 차

가는 봄

어린 맘아,
오월의 밤하늘에는 스러져가는 별,
가는 봄철의 저녁에는 떨어지는 꽃,
오오 그러나 이를 어쩌랴.

어린 맘아,
봄날의 꽃과 함께, 밤하늘의 별과 함께,
고요하게도 남모르게 넘어가는 청춘을
오오 그러나 이를 어쩌랴.

가을

어제는
아름답게도 첫봄의 꽃봉오리가
너의 열락 가득한 장미의 빰 위에
웃음의 향기를 피우며 떠돌았으나,

오늘은
쓸쓸하게도 지는 가을의 낙엽이
너의 떨며 아득이는 가슴의 위에
어린 꿈을 깨치며, 비인 듯 흩어지어라.

갈매기

신미도(身彌島)[1]라 삼각산
갈매기 우네,
갈매기 새끼 잃고
어이없어 우네.

별애우 수풀 밭에
달빛 밝으면
〈아버지, 어머니여〉
새끼가 찾고.

가을바람 휘돌아
갈 길은 먼 곳,
새끼를 못 잊어서
어미가 운다.

---

1) 평안북도 선천군에 속하는 섬.

강가에서

실버들나무 가지에 새눈이 돋아나오며,
해죽해죽 웃으며 흐르는 강물에 씻기는
강 두던²⁾에는 새봄의 기운이 안개같이 어릴 때,
⟨나를 생각하라⟩고, 그대는 속삭이고 갔어라.

넘어가는 새빨간 핏빛의 저녁노을이,
늦어가는 소녀의 나물 광주리에서 웃으며,
꿈을 잃은 늙은이의 가슴을 덮어 비추일 때,
⟨나를 생각하라⟩고, 그대는 속삭이고 갔어라.

악조(樂調)의 고운 꿈길이 두 번 보드라운 바람을
따라,

---

2) '언덕'의 방언.

저 멀리 먼 바다를 건너 새 방향을 놓는 이 때,
〈나를 생각하라〉신 그대는 찾기조차 바이[3]없어라.
밤이면 밤마다, 날이면 날마다 노래 부르며,
물결의 기억이 흰 모래밭을 숨어드는 이 때,
〈나를 생각하라〉신 그대는 찾기조차 바이없어라.

---

3) 아주, 전혀.

개나리

〈호수가로 가지 않고는
큰 개나리꽃은 찾지 못한다고〉고,
산 아래 나무꾼이 말합니다.

〈산꼭대기로 가지 않고는
큰 개나리꽃은 찾지 못한다고〉고,
호수의 뱃사람이 말합니다.

그러기에 산꼭대기에 갔더니
그 산꼭대기에 깃들인 새의 말이
〈푸르른 하늘까지 가지 않고는
큰 개나리꽃은 찾지 못한다〉고.

거울

오랜 날 거울을 들어서
네 얼굴을 보려 했더니
지나간 날의 그 얼굴은
그림자도 없고 새로 새얼굴이
또렷하게 비추는 이 설움.

고름 맺기

피는 꽃 젊은 봄에 풀 뜯어 매고
지는 꽃 젊음 봄엔 고름 맺으며
언제나 변치 말자 맹세했건만
마음은 아침저녁 떠도는 구름

고적

바다에는 얼음이 덮이고
대지는 눈 속에 잠들어,
가이없는[4] 나의 이 〈고적〉은
의지할 곳도 없어지고 말아라.

보라, 서녘 하늘에는
눈썹같은 새빨간 반달이
스러져들며, 새까만 밤이
헤매며 내리지 않는가.

---

4) 끝이 없는.

곽산 고을

내려 쌓이는 흰 눈에
밤은 고요하고,
정거장 곁 옛 고을
낡은 거리엔

등불은 눈을 감고
잠들었나니,
나도 그만 누워서
잠이나 자랴.

가엾은 그날의
나의 사랑은
잠잠한 옛 거리에,

소리 없이 내려선
녹아버릴 눈
그것이나 다르랴.

그대의 마음은 알 길 없고

그대의 마음은 알 길 없고
고요히 돌아서서
잔돌 짚어 물에 던지면
물살은 희룽희룽
끝도 없이 넓어만 지고.

그대여, 울지 말아라

그대여, 목을 놓아 우지 마소서
이 인심 자취 없는 물결이외다
알뜰한 사랑이라 오래 오리까.

그대여, 야속타고 원망마소서,
만나면 쓰린 이별 있는 거외다,
누구라 인력으로 막으오리까.

그대여, 고개 들어 하늘 보소서,
이 밤도 둥근달은 예대로 떠서
고요히 넓은 세계 안 비칩니까.

꽃의 목숨

잠깐 동안이어라,
가을 저녁의 애달픈 꽃이여.
목숨은 너무도 짧아라,
긴 여름의 설익은 꿈이여.

그러나,
명일을 모르는 꽃의 목숨에는 방향이 스몄고,
짧음의 설익은 꿈속에는 행복의 밀실이 있어라.

꿈의 노래

밝은 햇볕은 말라가는 금잔디 위의
바람에 불리는 까마귀의 나래에 빛나며,
비인 산에서 부르는 머슴꾼의 머슴노래는
멈춤 없이 내리는 낙엽의 바람소리에 섞이어,
추수를 기다리는 넓은 들에도 비껴 울어라.

지금은 가을, 가을에도 때는 정오,
아아 그대여, 듣기조차 고운 낮은 목소리로,
조심스럽게 그대의 〈꿈의 노래〉를 불러라.
가을 지고, 겨울 와서 해조차 바뀌는 그때의.

기억

그러하다, 인생은 기억, 기억은 잔회의
쓸데도 없는 지나간 꿈은 지금 와서
나의 불서러운 이 몸을 붙잡고
이리도 괴롭히며, 이리도 아프게 하여라.

그러하나, 지금 나의 이 몸에 매달려,
그윽하게도 삼가는 듯하게도
저, 지나간 옛날의 한때의 꿈은
흐느껴 울며, 나더러 돌아가라 하여라.

그러면 나는 이르노니,
인생의 꿈, 꿈은 망각의 바다에서
스러져 자취조차 없어질 그것이라고.

나의 사랑은

나의 사랑은
황혼의 수면 속에
해쓱 어리는
그림자 같지요,
고적도 하게.

나의 사랑은
어두운 밤날에
떨어져 도는
낙엽과 같지요,
소리도 없이.

나의 이상

그대는 먼 곳에서 반듯거리는[5]
내 길을 밝혀주는 외로운 벗,
한 줄기의 적은 빛을 그저 따르며
미욱스럽게도 나는 걸어가노라.

그대가 있기에 쉬임도 없고
그대가 있기에 바람도 있나니,
아아 나는 그대에게 매달리어
티끌 가득한 내 세상에서 허덕이노라.

나는 아노라, 그대의 곳에는
목숨의 흐름이 무늬 고운 물결을 짓는

---

5) '반짝거리는'의 뜻으로 추정.

아름다운 봄날의 꽃밭 속에서
화평의 꿈이 웃음으로 맺어짐을.

나의 발은 피곤에 거듭된 피곤,
나의 가슴에는 가득한 새까만 어두움!
아아 그대 곳 없다면, 나의 몸이야
어떻게 걸으며 어떻게 살으랴.

아아 애달파라, 그대의 곳은
한(恨) 끝도 없는 머나먼 지평선 끝!
그러나, 나는 그저 걸으려 하노라,
눈먼 새 외동무를 따라가듯이.

낙엽

산산하게, 몸이 오싹 떨리지.
지금 추억 많은 우리의 동산은
달빛에 비치어 은색에 쌓였다
자, 내 사람아, 동산으로 가자.

갈바람은 솔솔 스며들지.
나뭇잎의 비가 내려 붓는다.
가만히 귀를 기울이고 있으면
어린 꿈의 깨어지는 소리가 들리지.

옷을 새빨갛게 벗긴 포플러는
바람결이 휙 하고 지날 때마다
검은 구름이 덮인 하늘을 향하고
아직도 오히려 새봄을 빌고 있다.

오오, 내 사람아, 가까이 오렴,
지금은 가을, 흩어지는 때
흩어지는 낙엽의 우리의 소리를 듣자,
명일이면 눈도 와서 덮이겠다.

가을을 만난 우리의 사랑,
겨울을 맞을 우리의 꿈,
열정이나 식기 전에 더운 키스로
오늘의 이 밤을 새워 보자.

낙타

새빨간 새빨간 저녁별을
함뿍이 무거운 짐에다 받으며
사막을 허덕허덕 걷는 나의 낙타여
가도 가도 사막은 끝없는 것을
나의 낙타
인생의 이 사막을 나는 우노라
새빨간 새빨간 저녁별을 받으며.

내 설움

능라도(綾羅島)[6] 기슭의
실버들 나무의 꽃이
한가로운 바람에 불리어,
수면에 잔무늬를 놓을 때,
내 설움은 생겨났어라.

버들꽃의 향내는 아직도 오히려,
낙엽인 나의 설움에 섞이어,
저 멀리 새파란 새파란 오월의
하늘 끝을 방향도 없이 헤매고 있어라.

---

6) 평안남도 평양시 대동강에 있는 섬.

내 세상은 물이런가, 구름이런가

혼자서 능라도(綾羅島)의 물가 두던에 누웠노라면
흰 물결은 소리도 없이 구비구비 흘러내리며,
저 멀리 맑은 하늘, 끝없는 저 곳에는,
흰구름이 고요도 하게 무리무리 떠돌아라.

물결과 같이 자취도 없이 스러지는 맘,
구름과 같이 한가도 하게 떠도는 생각.
내 세상은 물이런가, 구름이런가.
어제도 오늘도 흘러서 끝남 없어라.

냇물

나의 희망은 냇물과 같고,
나의 절망은 바다와 같아라,
어제도 오늘도 흘러내리나,
어제도 오늘도 잃어지어라.

그러면, 나는 이르노니―
흘러가는 나의 작은 냇물이어,
넓고도 깊은 바다의 고요한 속에서
어두워지는 황혼의 위안을 얻으라.

눈

무겁게도 흐리진 머리털 아래의,
회색 구름이 차게도 하늘을 덮은 듯한,
향내의 흰 분(粉)에 얼굴을 파묻고 섰는
겨울의 아낙네여, 그리하고 애인이여.

떠오르며 흩어지는 연기의
스러져가는 한 때의 옛 사랑을
무심스럽게도 바라보고 있는
담배를 피우는 애인이여, 아낙네여

옅은 웃음을 띠우며
맘의 찬 입술을 깨물고 있는 애인이여,
날은 흐린 어득한 십일월의
고요한 저녁의 아낙네여.

애인을 버리고 가려는 애인이여,
두꺼운 목도리를 둘러맨 아낙네여.
지금은 겨울, 올 겨울에도 눈 오는 때,
말하여라, 한 송이 두 송이 눈이 내리나니,

하염없이도 땅위에 내리는 눈,
사랑과 사랑을 둘러싸는 눈,
그리하여 눈 속에서 맘과 맘은 잠들었어라.

눈

황포 바다에
내리는 눈은
내려도 연(連)해
녹고 맙니다.

내리는 족족
헛되이 지는
황포의 눈은
가엽습니다.

보람도 없는
설운 몸이기에
일부러 내려
녹노랍니다.

눈 내리는 밤에

내려 쌓이는 눈에
밤은 고요하고
정거장 곁에 누운
낡은 거리의

등불은 눈을 감고
잠들었나니,
이대로 나도 누워서
잠이나 자리.

지나간 가엾은
나의 사랑은
눈을 감은 등불의,

소리 없이 내려 낀
녹고 말 눈의
그것이라 이르랴.

눈 올 때마다

하얀 눈 볼 때마다 다시금 생각나네
어린 적 겨울밤에 옛날 듣던 이야기.
송이송이 흰 눈은 산과 들에 펴 불제
따스한 자리 속에 찬 세상도 모르고ㅡ.

산에는 신령 있고 물에는 용왕님이
다 같이 맡은 세상 고로이 다스리매
귀여워라, 산새는 노래로 공중 날고
고기는 넓은 바다 맘대로 헴치느니.

같은 해 고은 달을 이 인생 즐길 것이
하늘에 홀로 계신 전능하신 하느님
모두 다 살피시며 죄와 벌 나리시매
세상은 평화스레 이렇듯 일없느니.

집을 떠나 몇 해나 이 세상 헤맸던가,
거울 보니 아니라 얼굴도 주름 졌네
까닭스런 세고(世苦)에 부대낀 탓이런가
나는 지금 비로소 이 인생을 묻노라.

산신령과 용왕님 어디로 도망가니
전능한 하느님도 본색이 드러났네,
빈 하늘 내 천지라 비행기 높이 날 제
이 지상 볼지어다 하루나 평안한가.

시퍼런 하늘 오늘도 눈 기색은 도는데
늙으신 어머님은 손자를 데리시고
북방의 같은 겨울 눈 쌓인 칩은[7] 밤에

아직도 그 이야기 되풀이 하실런고.

---

7) 추운.

눈물

밝아오는 밤하늘에
희미해져 가는 옅은 빛의
쓰러져 가는 별보다도,
오히려 아직 빛깔 없는
그대의 얼굴의,
두 눈가에
보일 듯 말듯이 고여 흐르는
그 눈물의 방울을
나는 멀게도 이역의 길가에 서서
지금 성(盛)한 여름의 밤하늘의 별을 우러르며
외롭게도 그립게 생각하고 있노라.

달

오늘 밤에도
고요히 외롭게도
같은 길을 걸어 올라오는
달이여.

둥글고 넓은 하늘에는
그대의 걸음이 몇 번이던가!
핼금하게도 역증 난
그대의 얼굴에는
(보아라, 아직도 오히려)
권태의 미소가 떠돌고 있어라.

달과 함께

조는 듯한 등불에 덮인
권태의 도시의 밤거리에
고요하게도 눈은 내리며 쌓여라.

인적은 끊기고
눈이 멎을 때,

보라, 이러한 때에, 깊고도 넓은
끝도 없는 밤바다에
하얗게도 외로운 빛을 놓으며.

때

때의 흐름으로 하여금
흐르는 그대를 흐르게 하여라,
격동도 식히지 말며,
또한 항거도 말고
그저 느리게, 제 맘에 맡겨
사람의 일되는
설움의 골짜기로 스며 흘러
기쁨의 산기슭을 여돌아,
널따란 허무의 바다 속으로
소리도 없이 고요히 흐르게 하여라.

그리하고 언제나
제 맘대로 흘러가는 〈때〉 그 자신으로 하여금
너의 앞을 지나게 하여라.

돌아서는 마음

무어라 길이 멀다 말씀하시나.
마음이 돌아서서 아니 머냐.
수레바퀴는 나의 마음
돌고 또 돌아
날마다 천리만리 다니는 것을.

돌 던지기

1

그대의 맘은 알 길 없고
고요히 돌아서서
잔돌 집어 물에 던지니
물살은 희룽희룽
둥그렇게 넓어만 지고

2

고요한 나의 맘 바다에
어쩌자 그대 돌 던졌는가
물결은 미칠 듯 감돌며
끝없이 파문을 헤치거니

먼 후일

사나이의 생각은 믿기 어렵고
아낙네의 사랑은 변키 쉽다고
우리들은 모두 다 한숨지우나
먼 후일에는 그것조차 잊으리.

무심(無心)

평양에도 대동강 나간 물이라
생각을 애에 말까
해도 그리워
다시금 요 심사가 안타까워서
이 가슴 혼자로서 쾅쾅 칩니다.

얄밉다 말을 할까
하니 얄밉고,
그립다 생각하니 다시 그리워
생시랴 꿈에서랴 잊을 길 없어
억울한 요 심사에 내가 웁니다.

공중을 나는 새도 깃을 뒀길래
오갈 제 산을 싸고

돌지 않던가
못 잊어 원수라고 속이 상킬래
이 가슴 혼자로서 부숴댑니다.

무지개

이 청춘은 무지개든가
울긋불긋 어린 내 꿈이
온 하늘에 빛을 놓건만
날이 새니 자취도 없네.

이 청춘은 무지개든가
연분홍은 이내 꽃송이
봄 동산에 나부끼건만
바람 부니 모두 떨리네.
이 청춘은 무지개든가
하늘 돌던 아름다운 마음
제 때라고 춤을 추건만
쓰러지니 한숨만 남네.

물레

물레나 바퀴는
실실이 시르렁
어제도 오늘도 흥겨이 돌아도
사람의 한 생은 시름에 돈다고.

물레나 바퀴는
실실이 시르렁
외마디 겹마디 실마리 풀려도
꿈같은 세상은 가두새 얽힌다.

물레나 바퀴는
실실이 시르렁
언제는 실마리 감자던 도련님
인제는 못 돌아 날 잡고 운다오.

물레나 바퀴는
실실이 시르렁
원수의 도련님 실마리 풀어라
못 풀 걸 왜 감고 날더러 풀라나.

바 다 저 편

바다를 건너, 푸른 바다를 건너
저 멀리 머나먼 바다의 저 편에
그윽하게도 보이는
흰 돛을 달고 가는 배, ……

바다를 건너, 푸른 바다를 건너
머나먼 저 바다의 수평선 위로
끊지도 아니하고 홀로 가는
언제나 하소연한 나의 꿈, ……

바람

바람을 본 사람이 누구입니까.
당신을 나도 보지 못했습니다,
만은 나무 잎사귀를 흔들며
바람은 지나갑니다.

바람을 본 사람이 누구입니까.
당신을 나도 보니 못했습니다,
만은 숲들은 고개를 숙이고
바람은 지나갑니다.

배

끝도 없는 한바다 위를
믿음성도 적은 사랑의 배는
흔들리우며, 나아가나니,

애닯게도 다만 혼자서,
그러나마 미소를 띠우고
거칠게 춤추는
푸르고도 깊은 한바다의 먼 길을
사랑의 배는 나아가나니,
아아 머나먼 그 끝은 어데야.

희미한 달에 비치어 빛나며, 어두운
끝 모를 한바다 위를 배는 나아가나니.

버들가지

무심타 봄바람에
꽃은 폈다가,
헛되이 그 바람에
지고 맙니다.

서럽지 않을까요,
젊으신 서관(西關)8) 아씨.

오늘도 능라도라,
버들가지는
물위를 혼자 돌다
흘러갑니다.

---

8) 서도(西道). 황해도와 평안도를 통틀어 이르는 말.

가엽지 않을까요,
젊으신 서관 아씨.

별

그대여,
새카만 밤하늘에
별 두 개가 외롭게 반듯거립니다.
아무리 생각이 간절하여도
서로 만날 수 없는
불서러운 별들입니다, 만은

그들은 목숨이 있는 때까지는
언제나 같은 빛을 놓으며
밤마다 반듯거리기는 하겠지요.
그대여, 오늘 저녁에도 별들은 반듯거립니다.

별 낚기

애인이여, 강으로 가자, 지금은 밤, 낚아질 때다.
애인이여, 거리로 가자, 지금은 밤, 낚아질 때다.
어두운 강 위에는 빛나는 별이 반듯인다.
어두운 거리에는 빛나는 등불이 반듯인다.

애인이여, 강으로 가자, 지금은 밤, 낚아질 때다.
애인이여, 거리로 가자, 지금은 밤, 낚아질 때다.
애인이여, 강 위에서 고요히 별을 낚으자.
애인이여, 거리에서 고요히 불을 낚으자.

애인이여, 지금은 밤, 강으로 가자, 낚아질 때다.
애인이여, 지금은 밤, 거리로 가자, 낚아질 때다.
낚을 것 같으면서도 암만해도 못 낚을 별.
잡을 것 같으면서도 암만해도 못 잡을 불.

애인이여, 지금은 밤, 강으로 가자, 낚아질 때다.
애인이여, 지금은 밤, 거리로 가자, 낚아질 때다.
낮이 되면 별은 숨고 만다.
낮이 되면 불은 꺼지고 만다.

애인이여, 너는 밤의 강 위에 빛나는 별
애인이여, 너는 밤의 거리에 빛나는 불.
너의 맘은 낚을 것 같으면서도 못 낚을 별.
너의 맘은 잡을 것 같으면서도 못 잡을 별.

애인이여, 지금은 밤, 강으로 가자, 낚아질 때다.
애인이여, 지금은 밤, 거리로 가자, 낚아질 때다.
너의 맘은 낮이 되어도 숨을 줄 모르는 별.
너의 맘은 낮이 되어도 꺼질 줄 모르는 불.

봄바람

하늘하늘
잎사귀와 춤을 춥니다

하늘하늘
꽃송이와 입맞춥니다

하늘하늘
어디론지 떠나갑니다

하늘하늘
떠서 도는 하늘바람은

그대 잃은
이내 몸의 넋두리외다

봄비

봄날 저녁에 내리는 비는
보슬보슬 고요도 합니다.

마을 앞에 버들가지에는
어린 움이 눈을 내밉니다.

연못가의 개나리 가지엔
꽃봉오리가 떨어집니다.

봄날 저녁에 내리는 비는
보슬보슬 고요도 합니다.

봄은 간다

밤이도다
봄이도다

밤만도 애달픈데
봄만도 생각인데

날은 빠르다
봄은 간다

깊은 생각은 아득이는데
저 바람에 새가 슬피운다

검은 내 떠돈다
종소리 빗긴다

말도 없는 밤의 설움
소리 없는 봄의 가슴

꽃은 떨어진다
님은 탄식한다.

붉은 키스

첫가을의 햇볕에 빨갛게도 익은
복숭아 빛과도 같은 따님의 입술에
사람은 붉은 키스의 무덤을 쌓고는
높이나 높게 〈망각〉의 비석을 세워라.

비

포구 십리에 보슬보슬
쉬지 않고 내리는 비는
긴 여름날의 한나절을
모래알을 울려놓았소

기다려선 안 오다가도
설은 날이면 보슬보슬
만나도 못코 떠나버린
그 사람의 눈물이든가.

설은 날이면 보슬보슬
어영도(魚泳島)라 갈매기떼도
지차귀가 축축해져서
너훌너훌 나라를 들고

자취 없는 물길 삼백 리
배를 타면 어디를 가노
남포 사공 이내 낭군님
어느 곳을 지금 헤매노.

사계(四季)의 노래

고운 생각 가득한 나물광주리를 옆에 끼고

인생의 첫 이슬에 발을 적시는 봄철의 따님이여,

꽃을 우라는 고운 바람에, 그대의 보드람은

가슴의 사랑의 꽃봉오리는 지금 떨고 있어라.

미칠듯한 열락에 몸과 맘을 다 잊고 뛰노는

황혼의 때 아닌 졸음을 그리워하는 여름의 맘이여,

행복의 명정(酩酊), 음울의 생각은 지금 그대를 둘러싸고

끝없는 꿈으로 병인한 〈인생〉을 곱게 하여라.

빛깔 없게도 고개를 숙이고, 묵상에 고요한 가을이여,

냉락을 소군거리는 낙엽의 비노랫가락은

들을 거쳐, 널따란 맘의 세계에도 빗겨들어,

곳곳마다 〈죽은 맘〉의 장사에 한갓 분주하여라.

흰옷을 입고, 고요히 누웠는 겨울의 베니스 여신
이여,
건독(乾毒)만 남고, 눈물 흔적조차 없는 너의 눈가
에는
아무리 잃어진 애인을 그립게 찾는 빛을 띠었어도
쓸데조차 없어라, 한때인 사랑은 올 길이 없어라.

사공의 노래

부는 바람 순풍에 돛을 달고서
포구 떠나 바다로 나갈 때에는
애달퍼라, 사공은 고적이외다.

돌아보니 고향은 저 먼 하늘 끝
홀로 계신 어머니 생각을 하면
애달퍼라 사공은 눈물이외다.

넓고 넓은 난바다 시펄한 물위
의지 없는 신세를 돌아볼 때엔
애달퍼라, 사공은 근심이외다.

사랑의 때

- 첫째

어제는 자취도 없이 흘러갔습니다,
내일도 그저 왔다가 그저 갈 것입니다,
그리고, 다른 날도 그 모양으로 가겠지요,
그러면, 내 사람아, 오늘만을 생각할까요.

즐거운 때를 아끼지 않아야 합니다.
고운 웃음도 잠깐 동안의 꽃이지요.

때는 한동안 기쁨의 꽃을 피웠다가는
두르는 동안에 그 꽃을 가지고 갑니다,
곱고도 설건만은 때의 힘을 어찌합니까,
그러면, 내 사람아, 오늘만을 생각할까요.

즐거운 때를 아끼지 않아야 합니다,
고운 웃음도 잠깐 동안의 꽃이지요.

  - 둘째

물은 밤낮으로 흘러내리고
산은 각각으로 무너집니다,
세상의 곱다는 온갓 것들은
나날이 달라가며 스러집니다.

그러면, 내 사람아, 우리는
사랑과 함께 춤을 출까요.

아름다운 이 세상의 사랑에
몹쓸 때가 설움의 종자를 뿌립니다,
이 종자의 음을 따서 노래 부르면
도리어 사랑을 모르던 옛날이 그립습니다.

그러면, 내 사람아, 우리는
사랑도 그만두고 말까요.

산 고개

싸락눈 오는 밤에
나와 만나려
산 고개를 넘어서
그대가 왔소.

자는 닭 꼬꼬 울 때
나는 그대를
산 고개를 넘겨주며
잘 가라 했소.

눈 오는 밤이 오면
그때의 일이
아니 잊히고
다시 보이오.

삼수갑산

삼수갑산 가고지고
삼수갑산 어디메냐
아하 산 첩첩에 흰 구름만 쌔고쌨네.

삼수갑산 보고지고
삼수갑산 아득코나
아하 촉도난(蜀道難)이 이보다야 더할소냐

삼수갑산 어디메냐
삼수갑산 내 못가네
아하 새더라면 날아날아 가련만도

삼수갑산 가고지고
삼수갑산 보고지고
아하 원수로다 외론 꿈만 오락가락

새빨간

새빨간 핏빛의 진달래꽃이 질 때,
애달픈 맘의 진달래꽃이 떨어질 때,
속을 볶이게 하는 저녁볕이 넘을 때,
촌집의 등불이 빤하게 빛날 때,
어이없이도 내 영(靈)은 혼자 울고 있어라.

서관(西關) 아가씨

무심타 봄바람에 꽃이 폈다가
헛되이 그 바람에 지고 맙니다
서럽지 않을까요
서관 아가씨.

오늘도 능라도라 버들가지는
물위를 돌다 돌다 흘러갑니다.
애달지 않을까요
서관 아가씨.

떨리기 쉬운 것은 꽃뿐이리까
새파란 이 청춘도 잠깐이외다
가엾지 않을까요
서관 아가씨.

상실

가을의
샛말간 하늘에
한조각의 검은 구름이
무슨 일이나 생긴 듯이,
뜨다가는 스러지고
스러졌다가는 뜨고는 한다.

고요한 나의 맘바다의
고요한 한복판에는
이름 모를 무엇이
무슨 일이나 생긴 듯이,
구슬프게도 다만 혼자서
잔 물살을 내이고 있다.

신작로

행객은 오고가고 가고옵니다.
자국은 자국 밟아 티끌이외다,
바람 부니 그나마 티끌 납니다.
님이여, 이 한 생은 신작로외까.

신작로는 이내 맘 분주도 하이
밤낮으로 행객은 끊일 때 없네,
먼지 속에 발자국 어지러우니
꿈 타고 지내신 님 어이 찾을꼬.

행여나 님 오실까 닦은 신작로
낯설은 행객들만 뭐라 오갈꼬
쓸데없는 자국에 먼지만 일고
기두는[9] 님 행차는 이 날도 없네.

신작로엔 자동차 달아납니다,
길도 없는 바다를 배는 갑니다,
빈 하늘 푸른 길엔 새가 납니다,
님이여 어느 길을 저는 가리까.

저기서 풀밭 속에 길 있습니다
외마디 자국 길로 어지럽쇠다,
아무도 안다니어 고요하외다,
님이여, 가십시다, 저 길이외다.

---

9) 기다리는.

실비

바닷가 해당나무에 내리는 실비
사운사운 고요히 오다 맙니다.

밤마다 꿈 하늘에 내리는 실비
사운사운 오다가 지고 맙니다.

실제(失題)

내 귀가 님의 노래 가락에 잡혔을 때에
그대가 고운 노래를 내 귀에 보내었습니다,
만은 조금도 그 노래는 들리지 않았습니다.

내 눈이 님의 맘의 꽃밭에서 노닐 때에
그대가 그대의 맘의 꽃밭으로 오라고 하였습니다.
만은 조금도 그 맘의 꽃밭은 보이지 않습니다.

내 입이 님의 보드라운 입술과 마주칠 때에
그대가 그대의 보드라운 입술로 불렀습니다,
만은 조금도 그 입술은 닫혀지지 않았습니다.

내 코가 님의 스며나는 향내에 취하였을 때에
그대가 그대의 스며나는 향내를 보내었습니다,

만은 조금도 그 향내는 맡아지지 않았습니다.

내 꿈이 님의 무릎 위에서 고요하였을 때에
그대가 그대의 무릎 위로 내 꿈을 불렀습니다.
만은 조금도 그 꿈은 깨지를 못하였습니다.

지금 내 맘이 깨어 두 번 그대를 찾을 때에는
찾는 그대는 간 곳이 없고 님만 남았습니다,
아아 이렇게 살림은 밤낮으로 이어졌습니다.

십일월의 저녁

바람에 불리는
옷 벗은 나무수풀로
작은 새가 날아갈 때,
하늘에는 무거운 구름이 떠돌며
저녁 해는 고요히도 넘어라.

고요히 서서, 귀 기울이며 보아라,
어둑한 설은 회한은 어두워지는 밤과 함께,
안식을 기다리는 맘 위에 내려오며,
빛깔도 없이, 핼금한10) 달은 또다시 울지 않는가.
나의 영(靈)이여, 너는 오늘도 어제와 같이,
혼자 머리를 숙이고 쪼그리고 있어라.

---

10) 가볍게 곁눈질하여 살짝 한 번 쳐다보는.

아낙네

하늘하늘 봄바람
검다란 머리털을
무심히 어루만질 제,
아낙네 해적해적[11]
혼자 이르는 말이,

〈예(前) 언제 그이도
검은 이 머리
어루만져 주었거니〉

---

11) '헤적헤적'의 오기.

안동 현의 밤

안동 현에 하얀 눈이 밤새도록 내립니다.
곱게도 오늘 밤은 눈 위에 누워 잠자코 있습니다.
볼수록 캄캄한 밤은 볼수록 희어만집니다.

안동 현에 보얀 등불은 밤 깊도록 깜빡입니다.
쿨리(苦力)는 오늘밤도 눈 속에 싸여 헤매고 있습
니다.
볼수록 희미한 불은 볼수록 꺼질 듯만 합니다.

안동 현에 소리 없이 내려 붓는 눈,
안동 현에 속도 없이 반득이는 불,
안동 현에 볼수록 까매지는 밤,
내 맘에는 하염없이 눈물집니다.

야자나무의 봄

야자나무의
내 몸에도 봄의 꽃은 피어라,
오오 그러나 몸은 야자,
그 꽃은 어디랴,
날이지나 익어질 때,
날이 지나 익어서 떨어지면
바다는 한도 없이 넓어라.

어머니의 눈

어머니의 눈을 들여다보면
나는 연못을 생각하게 됩니다.

주위에는 가느다란 나무가 있고
맑은 물 한가운데에는
새까만 작은 섬이 있습니다.

언제 한번 보트를 젓고 싶다,
배를 저어 섬까지 가고 싶다.

저렇게 고요한 물속에
어떤 고기가 살겠느뇨.

저렇게 고운 섬 나무에는

어떤 새가 노래할 텐가.

어머니의 눈을 볼 때마다
나는 연못을 생각하게 됩니다.

여름바다

바람은 건들건들
물결은 처르르 철철
햇볕에 은실금실 도래춤이 좋은 것을
바람은 건들건들 어느 곳을 가자는고.

사공은 에야디야
흰 돛은 퍼르르 펄펄
물결은 노래노래 높고 낮고 웃는 것을
사공은 에야디야 어느 곳을 가자는고

구름은 뭉게뭉게
갈매기는 갸르르 걀걀
하늘은 물을 안고 히룩벼룩 도는 것을
구름은 뭉게뭉게 어느 곳을 가자는고.

옛날

잃어진 그 옛날이 하도 그리워
무심히 저녁 하늘 쳐다봅니다
실낱같은 초승달 혼자 돌다가
고요히 꿈결처럼 쓰러집니다

실낱같은 초승달 하늘 돌다가
고요히 꿈결처럼 쓰러지길래
잃어진 그 옛날이 못내 그리워
다시금 이내 맘은 한숨 쉽니다

옛 산성

옛 산성 못내 그려 산을 오르니
산성은 무너지고 풀만 자랐네,
초당엔 무심타랴 참새의 무리
흥이런 듯 지죄죄 노래만 하고.

맘 위에 성을 쌓고 초당 세운 건
행여나 님 뫼실까 소원이 드니
거친 세상 바람비 하도 설레니
님은 가고 이날엔 짐도 기우네.

오늘 하루도

오늘도 갈매기는
포구 위를 돌며
유유히 노래하네.

기다린 이 하루는
노을을 남기고
해만 혼자 넘고요.

죽어 아주 이별한
사람도 아니고,
잊으랴 어이 잊소.

날마다 물 들어와
어가 소리 날 땐
뵈나니 저 선창

오다가다

오다가다 길에서
만난 이라고,
그저 보고 그대로
갈 줄 아는가.
뒷산은 청청
풀잎사귀 푸르고
앞바다는 중중(重重),
흰 거품 밀려든다.
산새는 죄죄
제 흥을 노래하고
바다엔 흰 돛
옛길을 찾노란다.
자다 깨다 꿈에서
만난 이라고

그만 잊고 그대로
갈 줄 아는가.
십리 포구 산 넘어
그대 사는 곳,
송이송이 살구꽃
바람에 논다.
수로 천리 먼먼 길
왜 온 줄 아나.
예전 놀던 그대를
못 잊어 왔네.

외짝 생각

알리지도 못하는 외짝 생각이라고
웃으려면 웃으라, 원망도 않노라.

백 천 길 깊은 한 바다의 굴 진주가
진주를 가슴에 안고 앓는 것처럼,

그대의 생각에 병들어 누우면
내 가슴엔 영원의 빛이 있나니.

우정

사랑은 저문 봄날의 꽃보다도 가이없고,
우정은 술잔에서 술잔으로 떠돌아가며
거짓의 울음과 값없는 웃음을 흘리다가는
어리운 담뱃내보다도 더 쉽게 쓰러지나니,
다음에 남는 설움이야 한(限)이나 있으랴.

사람아, 기운 있게 인생의 길을 밟는 우리의
맘과 맘과는 한 번조차 맞은 적이 없어라,
그러면, 늦은 봄날의 꽃도 지는 이 저녁에
나는 떠돌아가는 술잔을 입에 대이고
우정 가득한 그대의 얼굴을 혼자 보며 웃노라.

원산서

하이얀 흰 돛대는
넓은 바다 동해의
저 먼 곳에 떠돌고,

하이얀 흰 구름은
가없는 넓은 하늘
방향 없이 헤맬 제,

바닷가 모래밭 위
푸른 양산 아래선
누구를 기다릴까,
젊은 아씨 혼자서.

유월의 낮잠

유월의 뜨거운 낮볕은
남김없이 밝을 때,
감기어 오는 눈에는
푸른 하늘이 오락가락하여라.

수풀 밭의 벌레 소리는
희미도 하게 들리며
말 없는 때는 가기만 하여
낮잠은 끝없이 깊어지리라.

이야기

이 몸은 철을 따라 도는 기러기
뜬 시름은 하루도 삼 천 백 갈래,
남북 하늘 깜하게[12] 외로이 도니
이별이 하도 잦아 나 못살겠네.

새 봄날엔 머리에 꽃송이 꽂고
님과 노래 즐겁다 춤을 추어도
가는 봄 지는 꽃에 맘이 흐르네,
이내 얼굴 야위면 님도 가려니.

뜰 위라 복사꽃이 바람에 지니
너훌너훌 나비도 돌아서는 것을,

---

12) '까마득하다'의 방언.

잔 들고 흥어리는 이내 속풀이
징댕동 거문고로 내가 우노라.

읽어지는 기억

고요한 밤의, 고요히 쉬는 바다 위에
반듯거리는 별의 희미한 빛과도 같이,
아름다운 여름의 온갖 빛을 다 잃은
있을 듯 말 듯한 향내를 놓는 꽃의 맘이여.

뒤설레는 바람의 하룻밤을 시달린
명일이면 말라 없어질, 생각의 꽃의
떨면서 헤치는 적은 향내를
곱게도 맡으며, 바리운 맘이여, 사랑하여라.

잃어진 봄

첫 기러기의 울음소리가 하늘을 울리며
물 긷는 따님의 얼굴이 우물 위에 어릴 때,
거름 실은 소를 몰고 가는 농군의 싯거리[13] 노래는
앞산 밑을 감도는 뱃노래와 함께 들리는
내 고향의 어린 때의 그 봄날이 그리워.

안개가 따사로운 햇볕을 섧게도 덮으며
진달래의 갓 핀 꽃이 빨갛게 꿈꿀 때,
채전 가의 냉이 캐는 아이들의 흥어리[14] 소리가
뜰 안에서 어미 찾는 병아리 소리에 섞이는
내 고향의 어린 때의 그 봄날이 그리워.

---

13) 숨을 매우 가쁘고 거칠게 쉬는 소리를 잇달아 냄. '식식거림'으로 추정.
14) '흥얼거림'으로 추정.

이슬

나의 생각 가득한
다사고도[15] 찬 눈물방울,
밤마다 내리는 이슬방울이 되어
밤마다 밤마다, 나의 사람아, 꽃이여,
너의 새빨간 침대를 적셔 주려노라.
아침 여명의 첫 볕에 녹아진단들 어쩌랴,
이슬의 방울, 생각의 눈물이여.

---

15) '따스하고도'로 추정.

장미

배 가운데
잊어버린 장미꽃들.
짚은 이는 누구인가.

배 가운데
있던 사람은
장님 한 분하고,
대장장이가 한 사람에
앵무가 한 마리였다.

배 가운데
붉은 장미꽃을
짚은 사람은,

눈 먼 장님으로
짚는 것을 본 사람은
푸른 하늘이란다.

전원의 황씨

집이면 집마다 떠오르는 연기,
서녘 하늘에는 곱게도 물들인 붉은 구름,
공중으로 올라서는 헤매며 스러질 때,
나뭇가지에서는 비둘기가 울고 있어라.

안개는 숲속에서 생기는 듯이 스미어서는
조는 듯 고요히 누운 넓은 들을 덮으며,
어두워가는 밤 속에서 새 꿈을 맺으려는
촌락에는 들벌레 소리가 어지러워라.

이리하여 핼금한 둥그런 달이
하염없는 곤피(困疲)[16]의 걸음을 이을 때,

---

16) 피곤.

나무 아래에는 시비도 없는 농인(農人)의 한담,
저 산기슭의 교회당에서는 찬송의 노래,

깊어만 가는 밤에는 이것밖에
아무 것도 들림 없이 고요하여라.

조약돌

하소연 많은 열여덟 이내 심사
풀을 길 없이 선창가 홀로 나가
하나둘 조약돌을 모으노라면
어느덧 여름날은 넘고 맙니다.

떠도는 배는 한바다의 저 먼 곳
외대백이 흰 돛대 행여 보일까
손 작란(作亂)17) 삼아 조약돌 헤노라면
어느덧 외대백이 잊고 맙니다.

---

17) 장난.

종달새

조잘조잘
소리만 들리며,

밀밭 위에 떠도는
종달새.

하도 안 보이길래
눈을 들어 치어다면,

푸른 하늘에는
낮달이 끄고,

조잘조잘
종달새의
소리만 들리누나.

죽은 기억

언제나 어두운 그늘 속에서
쪼그리고 앉아선 머리를 숙이고
고요도 하게 하염없는 생각에 잠겼는
옛날의 서러운 기억.

좀도둑놈처럼 삼가는 발걸음으로
살짝 와서는 잠잠한 맘 위에
지나간 그날의 먼지와 바람을
일으켜 놓고는 살짝 없어지는 기억.

오늘도 해는 넘어, 가까워 오는 어두움의
널따란 하늘에 별눈이 하나 둘 열릴 때,
어둑스러운 흐릿한 맘의 구석에서
혼자서 살짝살짝 걸어오는 그 기억.

갔다가는 오고, 왔다가는 가는,
(이렇게 해를 몇 번이나 거듭했나!)
머나먼 생각조차 할 수 없는 옛 꿈의
서러운 기억의 기억!

지는 봄

꽃은 피어
하염없이 기울고
열여섯의
봄날은 저물었소.

내려서는
녹는 남국 눈이라
열일곱의
꿈은 잠깐이었소.

나물꾼의
고운 노래 가락에
열여덟도
어느덧 넘어갔소.

참살구

고소한 참살구 씨라고
서로 아껴가며 짜 먹던 것이,
나중에는 두 알밖에 안 남았을 때에
이것은 심었다가 종자를 하자고,
네 살 위 되는 누이님이 나를 권했소.

살구 씨를 심은 지가 몇 해나 되었는지,
해마다 진달래꽃이 진 뒤에는
그 살구나무에 하얀 꽃이 피게 된 지도 오래었소.

맛있는 참살구라고
어린 동생들을 귀해 하며,
해마다 늦은 보리가 익었을 때에
그들은 종자하자는 말도 없이,

야단을 하면서 번갈아 따먹소.

누이님이 돌아가신 지 몇 해나 되었는지,
해마다 살구꽃이 진 뒤에는
그 무덤에 이름 모를 꽃이 피게 된 지도 오래었소.

첫눈

어젯밤 찬 자리에 밤을 새며 얻은 꿈
깨고 보니 가엽다, 눈 내려 들을 쌓네.
맑은 물 강기슭에 고요히 님과 함께
하나둘 뜯어 던진 풀잎은 어디간고.

탄식

밉살스러운 녀석이라며,
꿈에조차 생각지 않겠다고
굳게도 결심하는 그 사이에
어느덧 그날의 광경이 보입니다.

정말로 그때는 잘도 지내서.

맘에도 없는 녀석이라며,
다 잊는 줄로 믿으며
아니, 아니, 웃는 그동안에
어느덧 그날의 설움이 또다시 생깁니다.

정말로 잊을 수는 바이없어.

탄실이

지나간 삼월에 이별한
평양 탄실이는
아직도 나를 믿고
그대로 있을까.

바람에 떠서 도는
뜬 몸이길래
살뜰히도 못내 그려
예도록18) 안 잊힌다.

예도록 안 잊는 몸을
불쌍히나 생각하고

18) '여기 이토록'으로 추정.

아직도 탄실이는
그대로 있을까.

탈춤

여러분, 삶의 즐거움을 맛보려거든,
〈도덕〉의 예복과 〈법률〉의 갓을 묘하게 쓰고
다 이곳으로 들어옵시오, 이곳은
인생의 〈이기〉의 탈춤회장입니다.
춤을 잘 추어야 합니다, 서툴러 넘어지면
운명이라는 놈의 함정에 들어갑니다,
하면 〈행복의 명부〉에서는 이름을 어이며,
다시는 입장권인 인생관을 얻지 못합니다.
인생은 짧고 춤추는 시간은 깁니다,
한 분(分)만 잃으면, 한 분(分)만큼한 행복의 춤이
없어지게 됩니다, 선은 빨리 해야 합니다.
자 그러면 빨리 춤시다, 좋다 좋다, 얼씨구

파랑새

감실감실 난바다 몰을 섬에선
지죄지죄 파랑새 노래합니다.

난바다를 날마다 바라보건만
감실감실 그 섬은 안보입니다.

감실감실 난바다 몰을 섬에선
지죄지죄 파랑새 노래합니다.

감실감실 난바다 섬은 안 뵈나
언제나 파랑새는 노래합니다.

편지

오랫동안을 못 보아
하도 보고 싶기에
긴 편지를 쓰긴 했으나,
부칠 수 없는
섧은 편지길래도
혼자서 써 놓고는
혼자서 울지요.

풀밭 위

맡으면 향내 나는 풀밭 위에
황금색의 저녁볕이 춤추며
들벌레 소리가 어지러울 때,
또다시 나는 혼자 누워서
구름 끝에 생각을 보내고 있노라.

떠서는 잠겨드는 심사와도 같이
저 멀리 구름 속에 이동이 잦을 때,
어디선지 저녁 종이 비껴 울리어,
저 멀리 먼 곳으로 야속케도 심사가 끌려라.

달은 혼자서 방향 없이 아득이면서
하늘 길을 걷고 있어라.

고요한 밤거리에는
잃어진 꿈과도 같게
곱게도 등불이 졸고 있어라.

피리

빈 들을 휩쓸어 돌며,
때도 아닌 낙엽을 최촉(催促)[19]하는
부는 바람에 좇기어,
내 청춘은 내 희망을 버리고 갔어라.

저 멀리 검은 지평선 위에
소리도 없이 달이 오를 때,
이러한 때에 나는 고요히 혼자서
옛 곡조의 피리를 불고 있노라.

---

19) 어서 빨리 할 것을 요구함, 재촉, 독촉.

해마다 생각나는

해마다 연분홍 살구꽃이 피어
가없는 봄 맘이 끌릴 때가 되면
다시금 안 잊히는 실없던 작란(作亂),

때는 사월의 아름다운 어느 날,
동무들과 꽃밭에 나는 갔노라.
어이하랴, 고운 꽃 냄새 맑길래,

한송이 꺾어 손에다 들었노라,
그러나 얼마 안 되어 꽃은 시들고
냄새만 한갓되이 남돌던[20] 것을.

---

20) 남아돌던.

황해의 첫봄

1

양지 귀 잔디밭에
속잎 푸르고
바다엔 얼음 풀려
오가는 흰 돛
어야데야 뱃소리
하늘에 찼소

하늘 중천 내천 자(川字)
행렬을 지어
넓은 들을 날으는
기럭 그 기럭
기러기는 왔노라

잘도 울것다.

2

십리포구 질펀타
두둥실 뜬 배
고기잡이 노래에
포구 아씨네
제 속은 딴 데 두고
웃지만 마소

무심타 갈매기도
한껏 목 놓아

여저기[21] 노래 노래
쌍쌍이 돌며
새라 새봄 제 흥에
잘도 놀것다.

---

21) 여기저기.

황포의 바다

기나긴 긴 허리의 길을 다 지난 뒤에는
외마디의 골짜기 되는 큰 고리로 들어라,
그리고는 우뚝 섰는 높은 영의 달바위 재를
한 걸음, 한 걸음 숨차게 올라서면,
하얀 바다, 넓기도 하여라,
이는 나의 고향의, 황포의 바다!

김억(金億, 1896.11.30~?)

시인.

일본식 이름은 岸曙生. 본관은 경주, 본명은 김희권(金熙權)이며 호를 따라 김안서(金岸曙)로도 종종 불린다. 필명으로 안서 및 안서생(岸曙生), A.S., 또는 본명 억(億)을 사용하였다.

아버지는 기범(基範)이며, 어머니는 김준(金俊)이다. 5남매 중 장남이다. 출생 연도는 호적상으로 1896년으로 되어 있으나, 김억 유족의 말에 의하면 1895년이라고 한다.

1896년 평안북도 곽산 출생

1904년 고향에서 박씨가의 규수와 결혼

1907년 평안북도 정주군 오산학교 입학

1913년 일본 게이오의숙(慶應義塾) 영문과 입학

1914~15년 도쿄 유학생들이 발간하는 『학지광』에 시 「이별」, 「야반」, 「나의 적은 새야」, 「밤과 나」 등을 발표

1916년 오산학교 교사로 부임

1918년 『태서문예신보』에 프랑스 상징주의 시의 번역과 소개 및 창
　　　　작시를 발표

1921년 우리나라 최초의 번역시집 『오뇌의 무도』(광익서관 간행)
　　　　발표

1923년 한국 최초의 근대시집 『해파리의 노래』 발표

1923년 타고르의 번역시집 『기탄자리』 발표

1924년 동아일보 학예부 기자로 입사

1924년 번역시집 『신월(新月)』, 『원정(園丁)』, 『잃어진 진주』 발표

1925년 시집 『봄의 노래』 발표

1929년 시집 「안서시집」 발표

1931년 산문집으로 학창여화(學窓餘話)인 『사상산필(沙上散筆)』 발표

1933년 서간집 『모범서한문(模範書翰文)』 발표

1934년 중앙방송국에 입사하여 부국장까지 지냄

1934년 한시 번역시집 『망우초(忘憂草)』 발표

1937년 일본의 고전 『만엽집(萬葉集)』을 번역 발표

1939년 편저로 『소월시초』 발표

1941년 시집 『안서시초』 발표

1943년 한시 번역시집 『동심초(同心草)』 발표

1943년 제2차 세계대전 중 전사한 야마모토 이소로쿠의 죽음을 애
    도하는 내용의 「아아 야마모토 원수」 등 친일 시 발표

1943년 한시 번역시집 『꽃다발』, 『지나명시선(支那名詩選)』 2권, 『야
    광주(夜光珠)』, 『선역애국백인일수(鮮譯愛國百人一首)』 발표

1944년 신인순(辛仁順)과 재혼

1945년 8.15 광복 후 육군사관학교, 항공사관학교, 서울여자상업고
    등학교 출강

1947년 시집 『먼동 틀 제』 발표

1947년 한시 번역시집 『금잔듸』 발표

1948년 시집 『민요시집』 발표

1948년 편저로 『소월민요집』 발표

1949년 한시 번역시집 『옥잠화(玉簪花)』 발표

1950년 6.25 한국전쟁 시에 서울에 남아 있다 그의 계동 집에서
    납북

**1910년대 후반 낭만주의 성향의 『폐허』와 『창조』 동인으로 활동
    했으며, 『창조(創造)』, 『폐허(廢墟)』, 『영대(靈臺)』, 『개벽(開闢)』,
    『조선문단(朝鮮文壇)』, 『동아일보』, 『조선일보』 등에 시·역시(譯
    詩)·평론·수필 등 많은 작품을 발표하였다.

한편, 에스페란토의 연구에서도 선편(先鞭)을 잡고 그 보급을 위하여 강습소를 열기도 하였으며, 『개벽』에 「에스페란토 자습실」을 연재하여, 뒤에 간행된 『에스페란토 단기강좌(Esperanto Kurso Ramida)』라는 한국어로 된 최초의 에스페란토 입문서가 되었다. 또한, 김소월(金素月)의 스승으로서 김소월을 민요시인으로 길러냈고, 자신도 뒤에 민요조의 시를 주로 많이 썼다.

김억은 1924년에는 동아일보 학예부 기자로 입사 당시까지 낯설었던 해외 문학 이론을 처음 소개함과 동시에 개인의 정감을 자유롭게 노래하는 한국 자유시의 지평을 개척한 인물로 평가된다.

서구의 상징시를 처음으로 한국에 소개하여 1920년대 초반 상징시풍이 문단에 정착하는 계기를 열었다.

1920년대 중반부터는 한시의 번역이나 민요 발굴 등 전통적인 정서에 대한 관심으로 방향을 돌렸다.

1930년대 말에는 김포몽(金浦夢)이라는 예명으로 대중가요 작사활동도 벌였다. 작사가가 된 것은 생활고 때문이었다고 하는데, 생소한 예명을 사용한 이유는 한국 근대문학의 선구자로서 문단에서의 지위가 남달랐기 때문으로 추정된다. 작사한 노래 가운데 선우일선의 「꽃을 잡고」는 대중의 인기를 끌었다.

일제강점기 말기에 제2차 세계대전 중 전사한 야마모토 이소로쿠의 죽음을 애도하는 내용의 「아아 야마모토 원수」(1943) 등 친일 시를 발표했다. 친일 저작물 수는 시 4편을 포함하여 총 6편이 밝혀져 있다. 국민총력조선연맹과 조선문인협회, 조선문인보국회 간부를 지내기도 했다.

한국전쟁 때 납북되었고, 북한으로 간 유력 인사들이 1956년 평양에서 결성한 재북평화통일촉진협의회 중앙위원을 지낸 뒤로 행적이 불분명하다. 1958년 평북 철산군의 협동농장으로 강제 이주되었다는 설이 있다.

대한민국에서는 월북 작가들과 함께 언급이 금기시되다가 1988년 해금 조치 이후 다시 조명을 받았다.

**그밖에 중일전쟁 발발직후인 1937년 9월 종군간호부의 노래를 작사하였고, 일본의 고전인 『만엽집(萬葉集)』을 우리말로 변역하기도 하였다.

**2002년 발표된 친일문학인 42인 명단과 민족문제연구소가 2008년 발표한 친일인명사전 수록예정자 명단 문학 부문에 선정되었으며 친일반민족행위진상규명위원회가 발표한 친일반민족행위 704인 명단에도 포함되었다.

큰글 한국문학선집: 김억 시선집

해파리의 노래

© 글로벌콘텐츠, 2015

1판 1쇄 인쇄_2015년 07월 15일
1판 1쇄 발행_2015년 07월 25일

지은이_김억
엮은이_글로벌콘텐츠 편집부
펴낸이_홍정표

펴낸곳_글로벌콘텐츠
　　　　등　록_제25100-2008-24호

공급처_(주)글로벌콘텐츠출판그룹
　　　　기획·마케팅_노경민　　**편집**_김현열 송은주　　**디자인**_김미미　　**경영지원**_안선영
　　　　주소_서울특별시 강동구 천중로 196 정일빌딩 401호
　　　　전화_02-488-3280　　**팩스**_02-488-3281
　　　　홈페이지_www.gcbook.co.kr

값 12,000원
ISBN 979-11-5852-006-9 03810